BLAUBART

J.MARTIN J.PLEYERS

REINER-FEEST-VERLAG

1. Auflage 1989
(c) Reiner-Feest-Verlag
    Seckenheimer Str. 78, 6800 Mannheim 1
    Jhen/Barbe-Bleue
(c) 1989 by Casterman/Martin/Pleyers
    Übersetzung: Achim Danz
    Lettering: Arno Dierl
    Redaktion: Georg F. W. Tempel
    Alle deutschen Rechte vorbehalten
    ISBN 3-89343-097-0

* ORIFLAMME – ZWEIZACKIGES KRIEGSBANNER DER FRANZÖSISCHEN KÖNIGE VOM ANFANG DES 11. JAHRHUNDERTS BIS 1415

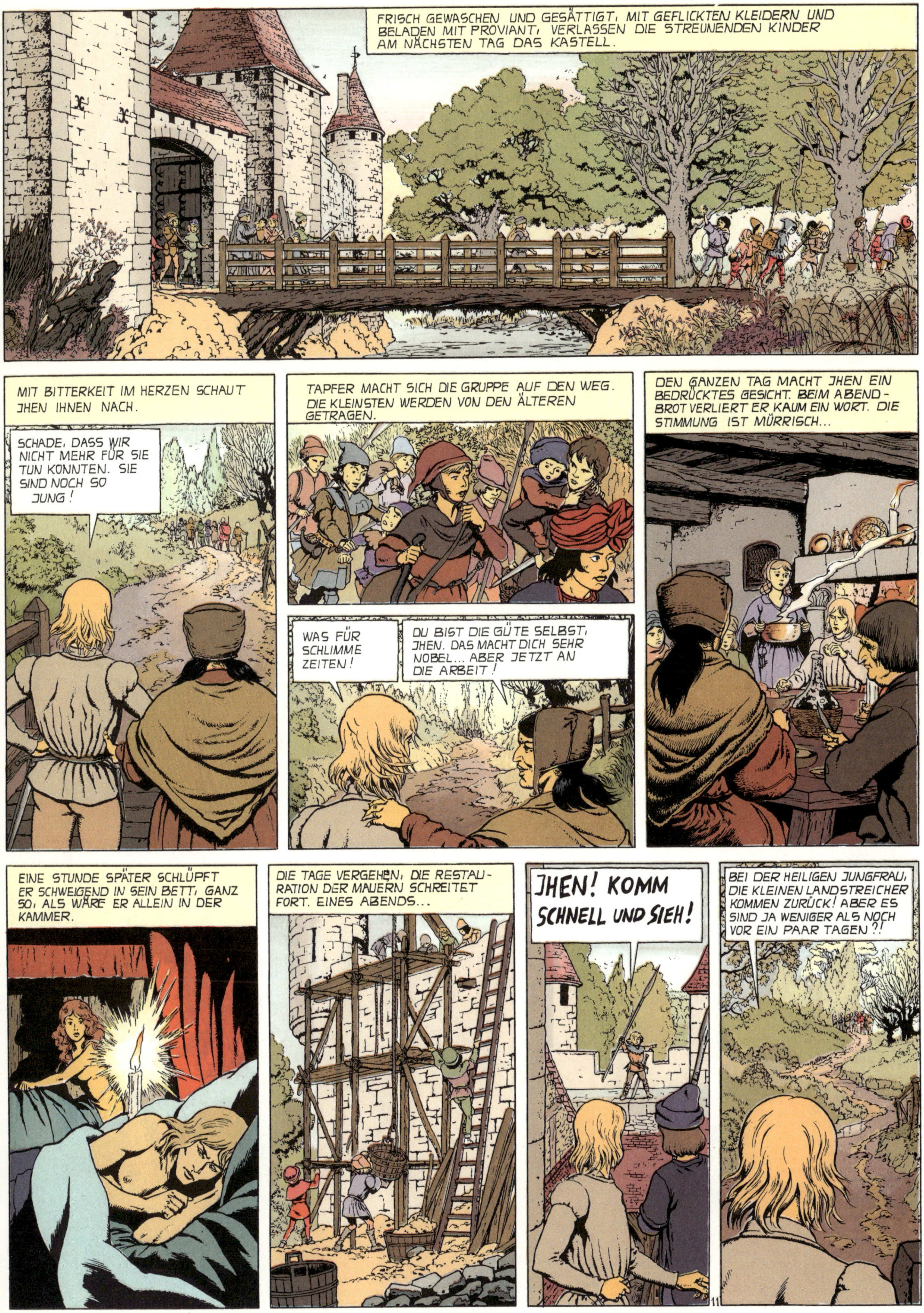

*SOTTIE: FRANZÖSISCHES POSSENSPIEL IN EINFACHEN VERSEN MIT SATIRISCHER ABSICHT

*HISTRIONE: IM ALTEN ROM KULTISCHER TÄNZER BEI LEICHENSPIELEN. IM MITTELALTER DANN FAHRENDER SCHAUSPIELER

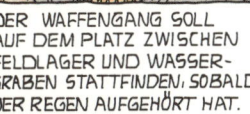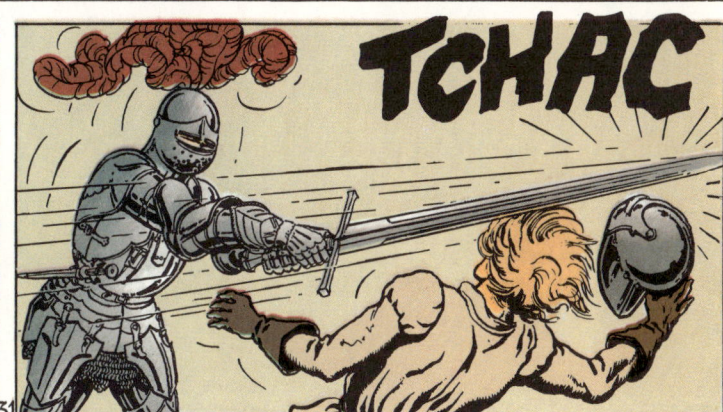

LEBEND ODER TOT, ER VERSPERRT DIE STRASSE. PHILLIBERT, MACH DEN WEG FREI.		TCHAK TCHAK	MIT EINEM RUCK FEDERN DIE BÄUME IN IHRE URSPRÜNGLICHE LAGE ZURÜCK.

DURCH DIE FEDERKRAFT WIRD DER ZERLUMPTE DURCH DIE LUFT GESCHLEUDERT UND VERSCHWINDET ZWISCHEN DEN BÜSCHEN.

IMMER WIEDER GRAUSAMKEITEN.

DIE ZEITEN SIND ES! DER KRIEG IST SCHONUNGSLOS... UND MEIN KLEINER BRUDER WIRD IMMER BLUTDÜRSTIGER.

AM SPÄTEN NACHMITTAG LIEGEN DIE MÄCHTIGEN MAUERN VON TIFFAUGES VOR IHNEN.

ENDLICH! UNSER SCHÖNES SCHLOSS!

ACH, MEINE SÜSSEN, BIN ICH FROH, WIEDER BEI EUCH ZU SEIN. OHNE EURE LIEBE GESELLSCHAFT IST DAS LEBEN EINE RICHTIGE STRAFE.

REICH MIR EINEN HAPPEN, MEINE SCHÖNE. WENN ANDERE NICHT WOLLEN... ICH JEDENFALLS BIN HUNGRIG!

DIE DIENERSCHAFT EMPFÄNGT IHREN HERRN MIT DEM ÜBLICHEN WILLKOMMENSIMBISS, DOCH DER MARSCHALL HAT NUR AUGEN FÜR SEINE SÄNGERKNABEN.

DIE NACHT IST HEREINGEBROCHEN. ALLES SCHEINT ZU SCHLAFEN...

PLÖTZLICH...

BUMM BUMM BUMM

?!

HAST DU DAS GEHÖRT? WAS WAR DAS? DIESER TEUFLISCHE LÄRM!

ACH, LASS, DAS KOMMT OFT VOR. HIER BRAUCHST DU DICH UM GERÜCHE UND LÄRM NICHT ZU KÜMMERN.

ABER DAS GANZE HAUS BEBT JA! ICH SEHE MAL NACH.

TUE, WAS DU NICHT LASSEN KANNST.

RAUCH! PUH, BEISST DER IN DER KEHLE! WAS MAG GESCHEHEN SEIN?

GILLES!? WAS UM ALLER WELT MACHST DU??

AH!... TSCHI...!! DIESER VERDAMMTE QUALM... ICH MUSS HUSTEN... AAH.

WO KOMMT DER RAUCH DENN HER?

DER TEUFEL!... DAS WAR DER TEUFEL! JHEN, MEIN GROSSES WERK. WIR HABEN VERSUCHE GEMACHT, GENAU NACH DEN VORSCHRIFTEN DES BERÜHMTEN NIKOLAUS FLANEL. ALLES GING GUT, BIS...

NICHT WAHR, MEIN FREUND? WIR HATTEN GERADE DIE FLAMME ENTZÜNDET, ALS WIR PLÖTZLICH VON EINEM GELBEN BEISSENDEN QUALM UMGEBEN WAREN. AUF IHM RITT DER DÄMON INS ZIMMER, RASTE UM UNS HERUM UND VERSCHWAND DANN AUF DAS DACH! ES WAR SCHRECKLICH!

WER IST DENN DIESER ALCHIMIST?

ICH BIN EIN MÖNCH. ZU EUREN DIENSTEN, MEIN HERR!

38

Panel 1: PATER EUSTACHIUS BLANCHET WAR PRIESTER, JETZT IST ER EIN GROSSER MAGIER. IN DIESEN ZEITEN IST HALT ALLES MÖGLICH!

Panel 2: TROTZ DES SCHÖNEN WETTERS VERBRINGEN GILLES UND DER MAGIER AUCH DEN NÄCHSTEN TAG EINGESCHLOSSEN IM LABORATORIUM UND HANTIEREN MIT GEHEIMNISVOLLEN GERÄTSCHAFTEN.

Panel 3: DIESER ABSCHNITT IST RECHT LEHRREICH, EUSTACHIUS, ABER DOCH UNZULÄNGLICH. ALSO MÜSSEN WIR NOCH MEHR AUFTREIBEN, VIEL MEHR!

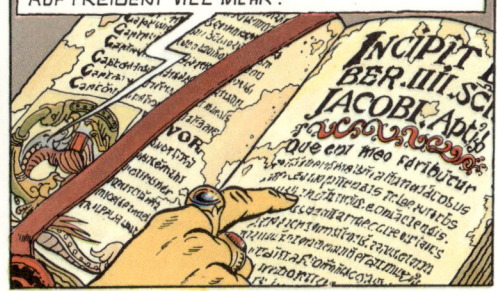

Panel 4: JEDENFALLS WAR ES MEINE BESCHEIDENE PERSON, DIE VERHINDERT HAT, DASS DER DÄMON DEN MARSCHALL WEITER BELÄSTIGEN KONNTE.
— AMEN!

Panel 5: ABER WOHER? ICH WERDE WOHL DEN PREIS ERHÖHEN MÜSSEN.
— WIR KÖNNEN KURZ VOR DEM ZIEL SEIN ODER WEITER DAVON ENTFERNT, ALS WIR DENKEN. ALLES IST MÖGLICH!

Panel 6: ZUR GLEICHEN ZEIT, IN DER LÄNDLICHEN UMGEBUNG.
— ENDLICH, DA IST EINER ... UND HÜBSCH IST ER AUCH!

Panel 7: HALLO, JUNGE, WÜRDEST DU EINER ALTEN FRAU DURCH DEN SCHLAMM HELFEN? DAFÜR BEKOMMST DU AUCH EIN SCHÖNES STÜCK KUCHEN.

Panel 8: UND HOPP! ... HE, KOMMT SCHNELL, ER STRAMPELT WIE EIN TEUFELCHEN!

Panel 9: ABENDS, AM SÜDTOR DES SCHLOSSES ...
— 15 ECUS! DAS IST NICHT VIEL FÜR EINE SO SÜSSE BEUTE.
— ABER EIN GERECHTER PREIS FÜR DEINE ARBEIT, MEFFRAYE!

MITTEN IN DER NACHT...
GENUG FÜR HEUTE, EUSTACHIUS! ICH ZIEHE MICH IN MEINE GEMÄCHER ZURÜCK.
UND DU?
ICH VERLASSE EUCH JETZT, HERR. AB HIER SEID IHR SICHER, KEIN TEUFEL WIRD EUCH BELÄSTIGEN. GUTE NACHT!
DANN...
TOK TOK TOK
HE, WAS HAT DAS ZU BEDEUTEN?! IHR MISSHANDELT EIN KIND? SO EINE GEMEINHEIT! WARTE, MEIN KLEINER, ICH HOLE DICH DA RUNTER!
WEINE NICHT MEHR. ICH BIN BEI DIR, ES WIRD ALLES GUT.
RAUS MIT EUCH, UNVERSCHÄMTES DIENERPACK! RAUS!
KOMM AUFS BETT, WIR WOLLEN ZUSAMMEN AUSRUHEN. HAB KEINE ANGST!
GLEICHZEITIG, IN EINEM ANDEREN GEMACH...
WAS MACHST DU DENN DA? BEI DIESER FUNZEL WIRST DU DIR NOCH DIE AUGEN VERDERBEN.
EINE KATHEDRALE.
WAS? DU BIST VERRÜCKT! SEITDEM DER TEMPLERORDEN VERNICHTET IST, HAT KEIN BISTUM UND KEINE KIRCHENKASSE GENUG GELD, UM WENIGSTENS EINE ORDENTLICHE DORFKAPELLE BAUEN ZU LASSEN. MIT DEN TEMPLERN IST DER KATHEDRALENBAU GESTORBEN!
SICHER. ABER JEDER HAT NACHTS NUN MAL SEINE TRÄUME.
HAAAAAHHHH
DIESES MAL WILL ICH REINEN HERZENS SEIN!
38

ETWAS SPÄTER STEIGT JHEN VORSICHTIG DIE TREPPEN HINAUF...
... UND STEHT KURZ DARAUF VOR DER SCHWEREN TÜR ZU GILLES' GEMÄCHERN.
SIE IST VERSCHLOSSEN! DA KOMME ICH NICHT HINEIN... ES BLEIBT MIR WOHL NICHTS ANDERES ÜBRIG, ALS MICH ZU GEDULDEN UND AUF EINEN GLÜCKLICHEN ZUFALL ZU WARTEN.
KURZENTSCHLOSSEN SETZT SICH DER JÜNGLING NEBEN DIE TÜR UND STARRT IN STOISCHER GEDULD IN DAS KERZENLICHT.
DIE ZEIT VERGEHT... PLÖTZLICH DRINGT EIN UNHEIMLICHER QUALM IN DEN FLUR. JHENS HERZ SCHNÜRT SICH VOR ANGST ZUSAMMEN.
AAH!... BLAUBART! ..ER IST ES! AAHH!
JA... ABER DER REST IST ROT! SIEH, SIEH ABER GENAU... ALLES IST ROT, ROT WIE BLUT, HAHAHA!
CLAC
KLACK
DONNERWETTER! ICH HABE GETRÄUMT. WAS FÜR EIN ALPTRAUM! ... HE, DIE TÜR ÖFFNET SICH!
HEDA, WOHIN SO EILIG? WAS SCHLEPPT IHR IN DEM SACK?

Panel	Text

Panel 1: AN DEINER STELLE WÄRE ICH NICHT SO NEUGIERIG, DAS ERSPART DIR EINE MENGE ÄRGER! DIES IST NICHTS FÜR JUNGE LEUTE WIE DICH!

Panel 2: AHA, MEINE VERMUTUNG WIRD ZUR GEWISSHEIT. IHR WOLLT EINE KINDERLEICHE IN EINEM TURMKELLER VERSCHARREN. EINE GRAUSIGE ARBEIT, DIE IHR DA VERRICHTET! — MAG SEIN, ABER WIR SIND LIEBER DIENER ALS PFERDEKNECHTE... SELBST WENN DIE ARBEIT EHRLOS IST. AUF WIEDERSEHEN!

Panel 3: JHEN DRÜCKT GEGEN DIE TÜR.

Panel 4: DANN SCHAUEN WIR MAL NACH! TEUFEL, IST DAS DUNKEL.

Panel 5: TROTZ DES FLACKERNDEN KAMINFEUERS ERSCHEINT DER RAUM IN UNHEIMLICHER FINSTERNIS. — EIN FLASCHENZUG... WOZU? UND DA... ES LIEGT JEMAND IM BETT!

Panel 6: GILLES! ER SCHLÄFT, DIE FLASCHE IN SEINER HAND, SEINEN RAUSCH AUS.

Panel 7: HE, WACH AUF! — WAS... WAS IST? WER WAGT ES...?

Panel 8: ICH BIN'S, JHEN. DER TODESSCHREI AUS DEINEM ZIMMER RISS MICH AUS DEM SCHLAF. ICH GING NACHSEHEN UND TRAF DEINE DIENER, DIE EINEN KLEINEN KÖRPER IN EINEM SACK FORTSCHLEPPTEN. GILLES... DU HAST GETÖTET. — DU HAST EINE UNGESUNDE NEUGIER, JHEN. ICH HABE DICH IMMER GEBETEN, MIR KEINE MORALPREDIGTEN ZU HALTEN.

Panel 9: SO GIB ES DOCH ENDLICH ZU: ALLES KLAGT DICH AN, ALLES FLÜSTERT DEN NAMEN, DER DAS LAND IN SCHRECKEN VERSETZT: BLAUBART. DAS BIST DU. — DU STOCHERST IN MEINER SEELE, JHEN. ES IST WAHR, ICH BIN EIN FÜRST DER NACHT, DER SICH IN EINE BLUTGIERIGE BESTIE VERWANDELT. ...JA, ICH BEISSE, ICH ZERFLEISCHE, ICH TÖTE, ABER WAS KANN ICH DAFÜR? ICH BETE OHNE UNTERLASS ZUR HEILIGEN JUNGFRAU, MEINE ANDACHT AN SIE IST GRENZENLOS.

Panel 10: WIE KANNST DU VON IHR SPRECHEN, IST SIE DOCH SO WEIT VON DIR ENTFERNT! — ABER NEIN, SIEH, DA VERSTECKT SIE SICH, DA.

WAS? DU SAGST, DU EHRST SIE, UND STELLST SIE AUS REUE IN DEINEM VERBRECHER-ZIMMER AUF?

SIE MUSS BEI MIR SEIN, ABER ICH DREHE IHR GESICHT ZUR WAND, DAMIT SIE NICHT SEHEN MUSS, WAS HIER GESCHIEHT.

AAH! SIE WEINT JA! DIESE HOLZMASERUNG... SIE ÄHNELT TRÄNEN IM GESICHT!

EIN SCHRECKLICHES WUNDER!

JA, VIELLEICHT. MEINE DIENER BEHAUPTEN, ES KÄME VOM REGENWASSER, DAS DURCH EINE UNDICHTE STELLE BIS IN DIE ECKE TRÖPFELT.

NICHTS GESCHIEHT, OHNE DASS DER HIMMEL ES WILL... ODER SATAN! DIE STATUE IN DIESER HÖHLE, WO SICH DEINE TEUFELEIEN ABSPIELEN, DAS IST NIEDERTRÄCHTIG... SEIT WANN BEGEHST DU DIESE GREUELTATEN?

ES WAR VOR VIELEN JAHREN, KURZ VOR DEM WEIHNACHTSFEST. EINE SCHRECKLICHE KÄLTE FEGTE MIT SOVIEL SCHNEE ÜBER DAS LAND, DASS ICH SCHLOSS SUZE BEI NANTES, IN DEM ICH WEILTE, NICHT VERLASSEN KONNTE.

DANN, EINES ABENDS, DIE KÜCHENFRAUEN KAMEN VOM EINKAUFEN AUS DER STADT ZURÜCK, ALS SIE NAHE DER BRÜCKE EIN LEISES WIMMERN VERNAHMEN.

BEI ALLEN HEILIGEN, EIN KLEINER JUNGE! ER IST JA VOR EIS GANZ ERSTARRT. DER ARME, SCHNELL, TRAGEN WIR IHN HINEIN ANS FEUER!

ICH NEHME IHN IN MEINEN MANTEL. HOFFENTLICH STIRBT ER UNS NICHT!

WENIG SPÄTER BETTETEN SIE DEN KNABEN VOR DEM WARMEN KAMIN, UND LANGSAM KEHRTEN SEINE LEBENSGEISTER WIEDER ZURÜCK. SEINE WANGEN RÖTEN SICH SCHON! ... MARGOT, GIESS WARMES WASSER IN DEN BOTTICH, EIN BAD WIRD IHN AUFHEITERN.	WÄHREND DIE BRAVEN FRAUEN IHN MIT SPEIS UND TRANK VERWÖHNTEN, PLANSCHTE IHR KLEINER SCHÜTZLING SCHON WIEDER VERGNÜGT IM WASSER HERUM.	ALS SIE IHN ABTROCKNETEN, KAM ICH ZUFÄLLIG IN DIE KÜCHE.
SIE ERZÄHLTEN MIR DEN VORFALL, DOCH ICH HATTE NUR AUGEN FÜR DIESEN JUNGEN, NACKTEN KÖRPER, DER MICH TROTZ DES UNGLÜCKS, DAS ER ERTRAGEN MUSSTE, IN SEINER GANZEN SCHÖNHEIT ANSTRAHLTE.	ICH VERLIESS SOFORT DIE KÜCHE UND LIEF ZUR KAPELLE, DENN PLÖTZLICH ERGRIFF MICH EIN VERLANGEN WIE LODERNDES FEUER: DER WUNSCH, DIESEN KÖRPER AUS LUST ZU MASSAKRIEREN.	AUF DEM WEG GEWAHRTE ICH BLUTIGE SCHRECKENSBILDER VOR MEINEN AUGEN, DIE MICH IMMER MEHR IN ERREGUNG VERSETZTEN.
ENDLICH ERREICHTE ICH DEN ALTAR UND BRÜLLTE DER HEILIGEN JUNGFRAU MEINE NOT ENTGEGEN... ICH WUSSTE NICHT MEHR, WAS SCHLIMMER WAR, DIE VERZWEIFLUNG ODER DIE RASEREI; NOCH WAS ICH SAGEN ODER TUN SOLLTE.		DANN NAHM ICH DIE STATUE IN DIE HÄNDE. PLÖTZLICH FÜHLTE ICH RUHE UND TIEFEN FRIEDEN IN MEINEN ADERN, UND DANN ERREICHTE ER MEIN HERZ. VOR FREUDE SCHWOR ICH, MICH NIE MEHR VON DIESER HEILIGEN FIGUR ZU TRENNEN.

SEITDEM IST SIE HIER.

BERUHIGT SIE DEIN GEWISSEN, WENN DU DICH IN DIESEM ZIMMER, DIESER HÖLLE, DEINEN GRAUSIGEN LEIDENSCHAFTEN HINGEGEBEN HAST? GILLES, ES IST UNGEHEUERLICH.

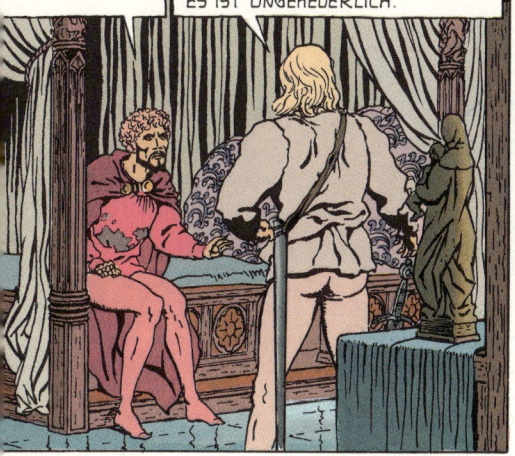

VIELLEICHT! IST ABER NICHT DER PLATZ DER MUTTER BEI IHREM SOHN? UND SAGT MAN NICHT, DASS SIE IHM, DER SICH ZUGRUNDE RICHTET, ERST RECHT ZUR SEITE STEHEN SOLL? IST SIE NICHT DIE PATRONIN ALLER BARMHERZIGKEIT?

ACH, GILLES, WIEVIEL UNSINN UND VERNUNFT WIRFST DU DURCHEINANDER. WARUM LÄSST DU DIE LEIDEN, DIE DICH LIEBEN. BEI DER GNADE DER HEILIGEN JUNGFRAU, TRAGE SIE MORGEN FEIERLICH IN DEINE KAPELLE UND WEIHE DAMIT IHRE RESTAURATION. DIESE HULDIGUNG BIST DU IHR SCHULDIG.

GUT. VERANLASSE ES. ZUR VESPERSTUNDE WOLLEN WIR IHR DIESE EHRE ERTEILEN. ICH VERSPRECHE ES.

DANN, ETWAS SPÄTER...

ES WIRD SCHON TAG. DIE VÖGEL SINGEN LIEDER AUS DEM PARADIES. DIESE HERRLICHE LUFT!... NA, VERGESSEN WIR DIE HIMMELSFREUDEN UND STEIGEN WIEDER HINAB ZU UNSEREN IRDISCHEN AUFGABEN!

AM NACHMITTAG HABEN SICH ALLE MENSCHEN AUS DEM SCHLOSS VOR DER KAPELLE VERSAMMELT. KURZ DARAUF ERSCHEINEN GILLES DE RAIS UND SEIN GEFOLGE, DIE FIGUR DER HEILIGEN JUNGFRAU FAST PRAHLERISCH VOR SICH HERTRAGEND.

UNTER FEIERLICHEN KIRCHENGESÄNGEN BETRITT DER KONNETABEL SEINE KAPELLE. VOR DEM ALTAR ERWARTET IHN SCHON SEIN 'BISCHOF'...

...UND GILLES ÜBERGIBT IHM DIE STATUE.

ABER... SIE WEINT?! SIE WEINT JA!

SIE WEINT!

PRIESTER! TUE JETZT DEINE PFLICHT! DER HERRGOTT UND WIR ALLE WARTEN DARAUF.

MISSMUTIG SETZT DER VON GILLES DE RAIS ERNANNTE BISCHOF DIE ZEREMONIE FORT. LANGSAM KEHRT WIEDER RUHE EIN...

...UND DIE JUNGEN CHORSÄNGER BEGINNEN IHRE MELODIÖSEN WEISEN...

PLÖTZLICH HEBT DER BISCHOF DIE STATUE ÜBER SEINEN KOPF UND WANKT UND ZITTERT WIE ESPENLAUB...DANN LÄSST ER SIE FALLEN.

ENTSETZT STARREN DIE ANWESENDEN AUF DIE HOLZFIGUR, DIE POLTERND AUF DIE ERDE, VOR JHENS FÜSSE ROLLT.

ZÖGERND HEBT ER SIE AUF.

SCHAFF SIE WEG! ES IST GOTTES WILLE. SCHAFF SIE WEG! DER HIMMEL HAT DICH DAZU BESTIMMT. SCHAFF SIE WEG!

AM NÄCHSTEN TAG FOLGT EIN REITER EINEM DER UNZÄHLIGEN FLÜSSCHEN, DIE DAS TAL DURCHZIEHEN. EIN BLAUER HIMMEL LEUCHTET HERAB, DENN NOCH IN DER NACHT HAT EIN SCHNEIDENDER WIND ALLE WOLKEN FORTGEBLASEN.

HALLO! HIER, EINE STATUE DER HEILIGEN MARIA. ICH GEHE AUF REISEN, DAHER KANN ICH SIE NICHT BEHALTEN. WILLST DU SIE? SIE WIRD DEINE FAMILIE UND DEIN HAUS BESCHÜTZEN.

OH, WIR SIND ABER DOCH ZU EINFACHE LEUTE FÜR EIN SO PRUNKVOLLES GESCHENK! WO HABT IHR SIE DENN HER?

VON GILLES DE LAVAL, HERR VON RAIS. ICH HABE DIE FIGUR AUFBEWAHRT, DENN SIE WAR IHM ZU KLEIN. NIMM SIE SCHON.

IHR MACHT MIR EINE GROSSE FREUDE. SO EINE SCHÖNE FIGUR! DANKE, HERR, DANKE!

WENIG SPÄTER...
AUF WIEDERSEHEN, FREUND. ICH FREUE MICH, WENN DIR DAS GESCHENK GEFÄLLT. ADIEU!

EINIGE TAGE SPÄTER FEGEN EISKALTE REGENSCHAUER ÜBER DAS LAND. KAUM EIN MENSCH WAGT SICH HINAUS... UND DOCH NÄHERT SICH AUF DEM RÜCKEN EINES ESELS EIN EINSAMER REITER DEM DÜSTEREN GEMÄUER VON SCHLOSS TIFFAUGES.

BEI DEN WACHEN...
MACH DASS DU WEGKOMMST, ALTER BETTLER!

ICH MÖCHTE DEM HERRN DE RAIS DIESE STATUE DER HEILIGEN JUNGFRAU ZURÜCKBRINGEN. EIN EDELMANN ÜBERLIESS SIE MIR, ABER ICH KANN SIE NICHT BEHALTEN: SIE WEINT.

NACH EINIGEM HIN UND HER WIRD DER BAUER EINGELASSEN.

WAS SOLL DER LÄRM? WER HAT DICH HERGESCHICKT, LÜMMEL?

DIE HEILIGE JUNGFRAU, HERR. DIESE SCHÖNE FIGUR SCHENKTE MIR EIN RITTER AUS DIESEM SCHLOSS. ICH HÄTTE SIE GERN BEHALTEN, ABER SIE WEINT!

BIST DU DESSEN SICHER? HAST DU NICHT ZU VIEL GETRUNKEN BEI DIESEM REGEN, DER UNS ALLE TRÜBSELIG MACHT?

BESTIMMT NICHT, HERR. DIE STATUE STAND IN UNSEREM HAUS IM TROCKENEN, UND MEINE FRAU UND MEINE KINDER HABEN GENAU GESEHEN, WIE IHR TRÄNEN ÜBER DIE HOLZWANGEN ROLLTEN.

OH, ICH GLAUBE, DU HAST RECHT! ICH DANKE DIR. WIE HEISST DU?

GUILLAUME LAOUTRE, HERR.

MAN GEBE DIESEM GUILLAUME ZEHN GOLDSTÜCKE!

SO EINEM STROLCH? ÖFFNE DEINEN BETTELSACK, DER BLAUBART IST WIEDER MAL GROSSZÜGIG!

OBEN AUF DEM ZIMMER DRÜCKT GILLES DE RAIS DIE STATUE FEST AN SICH...

MEINE HEILIGE MARIA, DU BIST WIEDER DA. SO EIN GLÜCK! ICH STELLE DICH WIEDER AN DEINEN PLATZ, WO DU UM MEINER SÜNDEN WEINEN KANNST. VON NUN AN WERDEN WIR FÜR IMMER ZUSAMMENBLEIBEN, DENN DU MUSST MICH SO OFT TRÖSTEN. JETZT WERDEN WIR UNZERTRENNLICH SEIN.

...WÄHRENDDESSEN MACHT SICH EIN ANDERER SÜNDER AUF SEINEM ESEL DAVON...

BLAUBART HAT ER GESAGT? ACH, UNWICHTIG! WAS WERDEN SICH MEIN WEIB UND DIE KLEINEN ÜBER DAS GOLD FREUEN. ABER WO VERSTECKE ICH ES VOR RÄUBERN? DIE HEILIGE JUNGFRAU WIRD MIR SCHON EINEN RAT GEBEN, SIE WAR JA SO GUT ZU MIR. JA, GANZ GEWISS!

ENDE